AF509552

VENTE

du Lundi 17 Novembre 1913

HOTEL DROUOT, SALLE N° 1

A 2 HEURES

TABLEAUX — ESTAMPES

OBJETS D'ART

FAIENCES & PORCELAINES

MEUBLES

COMMISSAIRE-PRISEUR

Me ROBERT BIGNON

41, Rue de la Victoire

EXPERTS

MM. BRANDICOURT & BOURDIER

144, Rue de Courcelles

IMPRIMERIE
C. CHAUFOUR
6-8, RUE MILTON
PARIS

CATALOGUE

DES

TABLEAUX & ESTAMPES

Anciens et Modernes

PAR OU D'APRÈS

Boilly, Decamps, Delacroix, Géricault, Lenain, Roybet, Teniers
Baudoin, Boucher, Châle, Chapuy, Debucourt
Greuze, Huet, Lavreince, Morland, Reynolds, Saint-Aubin, Smith, etc.

OBJETS D'ART

Bronze par CARPEAUX, Pendules, Gaines, Vases, Lustre

FAIENCES — PORCELAINES

MEUBLES ANCIENS

Bureau, Vitrines, Secrétaires, Guéridons, Commodes
Fauteuils, Canapés, Chaises, Tables, etc.

DONT LA VENTE AURA LIEU

HOTEL DROUOT — SALLE N° I

Le Lundi 17 Novembre 1913

A DEUX HEURES

Mᵉ ROBERT BIGNON	**MM. BRANDICOURT & BOURDIER**
COMMISSAIRE-PRISEUR	EXPERTS
41, Rue de la Victoire, 41	*144, Rue de Courcelles, 144*

EXPOSITION PUBLIQUE

Le Dimanche 16 Novembre 1913, de deux heures à six heures

CONDITIONS DE LA VENTE

La vente sera faite au comptant.

Les acquéreurs paieront dix pour cent en sus des enchères.

L'exposition mettant le public à même de se rendre compte de l'état et de la nature des objets, aucune réclamation ne sera admise une fois l'adjudication prononcée.

DÉSIGNATION

TABLEAUX

BOILLY (Ecole de)

1 — Le Retour au foyer.

DELACROIX (Eugène)

2 — La Flagellation du Christ.

> Esquisse.
> Le Christ les mains liées, la tête ceinte de la couronne d'épines est debout, entouré d'une foule menaçante qui l'injurie et le frappe. Œuvre possédant toutes les qualités caractéristiques du maître.

DECAMPS (Ecole de)

3 — Effet de soleil couchant.

GÉRICAULT (Ecole de)

4 — Naufrage.

LALOUE-GALIEN

5 — Péniches en Seine.

> Gouache.

LENAIN (Ecole de)

6 — La Visite à la ferme.

ROYBET

7 — Nature morte.

TÉNIERS LE JEUNE (David)

8 — La Tentation de Saint-Antoine.

> Dans sa grotte, agenouillé Saint Antoine prie, mais tourne la tête vers une jeune femme qui lui tend une coupe tentatrice. Une vieille femme l'incite à boire pendant qu'un paysan joue de la flûte et que les démons rient de lui.
> Signé à droite D. TENIERS.
> Cadre en bois sculpté et doré.

ECOLE ANGLAISE 1830

9 — Portrait d'enfants, s'amusant avec un chien.

ECOLE FLAMANDE

10 — La Partie de cartes.

ECOLE FLAMANDE

11 — Les Surprises de la halte.

> Paysage montagneux animé de personnages,

ECOLE FRANÇAISE

12 — Intérieur rustique.

> Signée du monogramme D. C.

ECOLE FRANÇAISE

13 — Paysage avec personnages.

> Aquarelle gouachée.

ECOLE FRANÇAISE

14 — Paysage.

> Aquarelle.

ECOLE FRANÇAISE XVIIᵉ SIÈCLE

15 — Portrait d'un magistrat.

> Toile ovale.
> Cadre en bois sculpté et doré, époque Louis XIV.
> Haut. : 0m73 ; Larg. : 0m60.

ECOLE FRANÇAISE XVIIIᵉ SIÈCLE

16 — Portrait de Madame de Maintenon.

> Coiffée et enveloppée d'un camail noir.

ECOLE FRANÇAISE XVIIIe SIÈCLE

17 — Le Retour de l'enfant prodigue.

> Tableau agréable d'ensemble.

ECOLE FRANÇAISE

18 — Deux scènes rustiques et familiales, se faisant pendants.

ECOLE FRANÇAISE

19 — Portrait d'enfant.

> Cadre bois sculpté et doré, époque Louis XIV.

ECOLE FRANÇAISE

20 — Deux portraits : Homme et Femme sous l'Empire.

> Aquarelles gouachées.

ECOLE HOLLANDAISE

21 — L'Hypnotisée.

ECOLE ITALIENNE

22 — Joseph expliquant les songes.

> Le grand panetier et le gaand échanson dans leur prison l'écoutent.

ESTAMPES

BAUDOIN (D'après)

23 — Le Midi.

> Epreuve imprimée en noir.

BOUCHER (D'après)

24 — Amour tu fais des jaloux et son pendant, par JANINET.

> Deux petites épreuves, imprimées en couleurs, sur soie.
> Très rare.

25 — Le Départ et le Retour du courrier.

> Deux épreuves imprimées en noir.

CHALE

26 — The officious waiting woman.

Epreuve imprimée en noir.

CHAPUY

27 — Vue perspective du Champ de Mars.

Epreuve imprimée en couleurs.

DEBUCOURT

28 — La Bénédiction paternelle ou le Départ de la mariée.

Epreuve imprimée en noir.

GERAUD (D'après)

29 — Le Colin-Maillard.

Epreuve imprimée en noir.

GREUZE (D'après)

30 — Le Gâteau des Rois.

31 — Le Retour du laboureur.

Deux épreuves imprimées en noir.

HUET (D'après)

32 — L'Amour offrant des présent à Ariane, par BONNET.

Epreuve imprimée en couleurs. Toute marge.

33 — Le Soir, par DEMARTEAU.

Epreuve imprimée en couleurs.

HUET (D'après)

34 — La Jarretière. L'Heureux chat, par BONNET.

Deux épreuves imprimées en couleurs.

LASINIO

35 — Retour de chasse.

Epreuve imprimée en couleurs.

LAWRENCE (D'après)

36 — Mercure de France, par GUTENBERG.

> Epreuve imprimée en noir.
> Cadre en bois sculpté ancien.

37 — La Marchande à la Toilette, par VIDAL.

> Epreuve imprimée en noir.

LEVACHEZ

38 — Les Prémices de l'Amitié et son pendant.

> Deux petites épreuves en médaillons, imprimées en bistre
> avec les chairs en couleurs.
> Cadres anciens.

MORLAND (D'après)

39 — Delia.

> Epreuve imprimée en couleurs.

40 — La Visite à la nourrice.

> Epreuve coloriée.

41 — Jeux d'enfants.

> Epreuve coloriée.

OPIE

42 — Amelia.

> Epreuve imprimée en couleurs.

REYNOLDS (D'après)

43 — Saint Cecilia, par DIKINSON.

> Epreuve imprimée à la manière noire.

SAINT-AUBIN (D'après)

44 — Le Bal paré. Le Concert.

> Deux planches par DUCLOS. Epreuves imprimées en noir.

SMITH (D'après)

45 — Credulous lady and Astrologer, par MAUCLAIR.

> Epreuve imprimée en bistre, marge non ébarbée.

VANGORP (D'après)

46 — La Ruse. La Surprise, par HONORÉ.

Deux épreuves imprimées en couleurs.

VERNET (D'après)

47 — Scène de course.

Epreuve imprimée en noir.

WATTEAU (D'après)

48 — The Island of Cythera.

Epreuve imprimée en bistre.

MINIATURES

49 — Portrait présumé du chirurgien Larrey fils. Ecole d'ISABEY.

5o — Portrait du colonel de Bourgairole. Signé PARADIN.

51 — Portrait de femme sous l'Empire.

52 — Portrait « Homme et femme » sous la Révolution. Signé GOULU.

OBJETS D'ART

53 — Le Pêcheur à la coquille.

Il est signé CARPEAUX et porte en outre l'estampille de l'atelier de CARPEAUX.

Hauteur : 0m90; Profondeur : 0m47.

54 — Pendule Louis XV à sujet en bronze : L'Enlèvement d'Europe.

55 — Paire de gaines en marbre vert de mer garnies de bronze doré. Style Empire.

56 — Lustre en bronze patiné à six lumières électriques. Style Empire.

57 — Paire de vases en cristal taillé, monture en bronze doré. Style Empire.

58 — Pendule en marbre blanc à colonnettes noires, elle est garnie de motifs, appliques, guirlandes de feuillages et panier formant balancier en bronze doré. Style Louis XVI.

59 — Pendule Empire en bronze doré et ciselé ornée d'attributs de musique.

60 — Quatre statuettes en bois sculpté de Nuremberg, représentant Les Quatre Saisons.

61 — Statuette en bois sculpté, parties dorées, représentant un saint agenouillé.

62 — Vase couvert sur piédouche en émail de Canton fond bleu à décor de poissons et feuillages et orné de médaillons à scènes d'intérieurs chinois.

63 — Paire de petits cache-pots en émail de Canton, à fond vert et décor de poissons or ornés de médaillons représentant des personnages chinois.

64 — Hanap forme casque en étain, orné de motifs à rocailles et godrons.

65 — Petit plateau Louis XV en étain, de forme ovale à bords cantournés, le centre orné d'une chimère.

66 — Assiette en étain, décorée au centre d'un buste de Henri IV et sur les côtés de fleurs de lis.

67 — Plat Louis XV en étain, de forme creuse, à bords contournés et muni de deux anses mobiles.

68 — Paire de chandeliers Louis XVI en étain, ornés de guirlandes de feuillage.

69 — Paire de chandeliers Louis XVI en étain, ornés à la base d'une guirlande de perles.

70 — Gobelet en étain.

FAIENCFS, PORCELAINES, GRÈS

71 — Assiette en ancienne faïence de Rouen, décor dit à la corne tronquée.

72 — Plat ovale en ancienne faïence de Rouen, décor dit à la corne tronquée.

73 — Grand plat en ancienne faïence de Rouen à décor dit à la double corne.

74 — Cache-pot en ancienne faïence de Rouen, à décor polychrome de guirlandes et panier fleuri.

75 — Jardinière d'applique en ancienne faïence de Rouen, décor à guirlandes.

76 — Petit compotier à bords dentelés, en ancienne faïence de Rouen, décor dit à la corne.

77 — Petit compotier à bords dentelés en ancienne faïence de Rouen, décor dit au carquois.

78 — Petit saladier à bords dentelés, en ancienne faïence de Rouen, décor dit à la corne.

79 — Plat rond en ancienne faïence dite de Pont-aux-Choux, à décor blanc laiteux de fleurs en relief.

80 — Grand plat rond en ancienne faïence à décor de fleurettes.

81 — Grande bouquetière d'applique en ancienne faïence de Rouen, décor dit à la corne.

82 — Cuvette de forme ovale en ancienne faïence du Midi à décor en relief d'amours et de tritons.

83 — Huilier en ancienne faïence de Saint-Amand à décor blanc et or.

84 — Assiette en ancienne faïence du Midi décorée au centre d'un personnage dans un paysage.

85 — Assiette en faïence de Rouen, décor polychrome.

86-92 — Soixante-dix neuf assiettes en faïence à décors divers la plupart de la Révolution, parmi lesquelles assiette dite au ballon.

93 — Assiette en ancienne faïence de Strasbourg, décor à fleurs.

94 — Assiette en ancienne faïence de Niederviller, décor en camaïeu.

95 — Huilier en ancienne faïence de l'Est à décor polychrome.

96 — Pichet en faïence, décor bleu à feuillage et médaillon.

97 — Broc à bière en faïence, couvercle en étain, décor à personnages.

98 — Pichet en faïence de Rennes à décor de fleurs.

99 — Gourde en faïence persane à décor de palmettes, goulot en cuivre ciselé.

100 — Petit vase à long col en faïence brune.

101 — Trois petits carreaux en faïence de Delft polychrome.

102 — Cuillère en faïence d'Appray à décor bleu et rouge.

103 — Petit bénitier en faïence de Nevers.

104 — Deux jardinières d'appliques en faïence décorée.

105 — Plat rond en faïence de Thoun à décor polychrome de fleurs diverses.

106 — Assiette en faïence de Niederviller à décor central de deux oiseaux; sur le marli, papillons et légumes en relief.

107 — Deux assiettes en faïence de Lunéville à décor d'oiseaux et fleurettes.

108 — Assiette en faïence italienne à décor de paysage maritime.

109 — Quatre assiettes en faïence à décor napoléonien.

110 — Assiette en ancienne faïence d'Appray à décor de Chinois.

111 — Deux assiettes en faïence à décor de fleurs et personnages.

112 — Plat creux en ancienne porcelaine de Niederviller à décor de fleurs et bords dorés. Signé.

113 — Plat en porcelaine de Chine à décor central de poissons et de fleurs sur le marli.

114 — Assiette en porcelaine bleue du Japon à décor de pagode dans un paysage maritime.

115 — Grande assiette en porcelaine de la Compagnie des Indes à décor de fleurs polychromes.

116 — Quatre assiettes en porcelaine de Chine et de la Compagnie des Indes à décor de paniers et fleurs polychromes.

117 — Assiette en porcelaine de Chine à décor central de personnages chinois dans un intérieur, sur le marli réserves d'animaux et fleurs polychromes.

118 — Plat creux en porcelaine du Japon à décor bleu de pagode dans un paysage maritime.

119 — Paire de petits vases en porcelaine de la Compagnie des Indes à décor de fleurs.

120 — Deux statuettes en porcelaine de Saxe polychrome, représentant deux petits personnages.

121 — Paire de cache-pots en porcelaine de la Compagnie des Indes, décor à armoiries.

122 — Verre à boire avec inscription commémorant la Révolution de 1830.

123 — Flacon d'huilier en verre ancien.

124 — Petite bouteille en verre antique irisée.

125 — Grand broc en grès allemand.

126 — Chope en grès flamand, couvercle en étain.

127 — Pichet en grès à personnages en relief.

128 — Assiette en terre de pipe, à décor central de personnages.

129 — Deux pièces en terre cuite ou grès : Vases, lampes, animaux, etc.

MEUBLES

130 — Ameublement de chambre à coucher Empire en bois de citronnier, composé d'un lit, une armoire à glace, une table de nuit, une commode, un bureau, deux fauteuils et deux chaises.

131 — Vitrine à deux portes en acajou. Époque Louis XVI.

132 — Meuble à hauteur d'appui Louis XV en marqueterie de bois de placage. Il s'ouvre à deux portes et est orné de motifs en bronze ciselé et doré.

133 — Bureau à dos d'âne en bois de violette. Epoque Louis XV.

134 — Secrétaire en acajou. Epoque Louis XVI.

135 — Guéridon à trois pieds. Epoque Directoire.

136 — Meuble de salle à manger formant étagère, en marqueterie de bois de placage à décor de vases et de guirlandes.

137 — Petite table d'enfant en acajou. Epoque Louis XVI·

138 — Guéridon en acajou à trois pieds. Epoque Directoire.

139 — Table à raser en acajou avec montants, pieds et galerie de cuivre. Epoque Empire.

140 — Commode en bois de rose, de forme mouvementée, dessus de marbre gris. Epoque Louis XVI.

141 — Commode en acajou ornée de motifs en bronze ciselé et doré. Époque Premier Empire.

142 — Colonne à chapiteau en bois peint gris, ornée de motifs en bronze ciselé et doré. Style Louis XVI.

143 — Guéridon rond en acajou, orné de motifs en bronze ciselé et doré. Style Louis XVI.

144 — Vitrine de collection en acajou à une porte, fond et côté à glaces.

145 — Petite table à tricoter en marqueterie de bois de placage.

SIÈGES

146 — Fauteuil en laqué vert avec écusson sur le devant de la ceinture et au sommet du dossier. Epoque Louis XVI.

147 — Fauteuil tournant avec croisillons, orné d'une rosace, laqué blanc. Epoque Louis XVI.

148 — Fauteuil en acajou, à décor de feuilles d'eau au-dessus des pieds. Epoque Directoire.

149 — Fauteuil à dossier renversé en bois doré. Epoque Premier Empire.

150 — Fauteuil en bois sculpté, laqué et doré. Epoque Premier Empire.

151 — Canapé à deux places en laqué blanc. Epoque Louis XVI.

152 — Deux chaises Restauration en acajou.

153 — Fauteuil en bois sculpté et ciré. Epoque Louis XV.

154 — Fauteuil en bois peint à siège rond. Epoque Directoire.

155 — Fauteuil en laqué blanc. Epoque Louis XV.

156 — Deux chaises recouvertes d'étoffe polychrome. Epoque Louis XIII.

157 — Deux chaises en acajou. Epoque Directoire.

TAPIS

158 — Beau tapis d'Aubusson fond crême à décor de
fleurs.

$4^m,90 \times 3^m,95$

159 — Objets omis.